Ein cleverer Kater namens Jack
Teil II

Silvia Wobschall

Dies ist der zweite Teil meines Katzenkrimis vom cleveren Kater Jack, er hat wieder Fernweh und macht sich ohne seine Kumpels Ben und Blacky und last but not least Bonzales auf den Weg, um kleine Streiche zu spielen.

© 2020 Silvia Wobschall
Herstellung und Verlag: BoD – Books on Demand, Norderstedt
ISBN: 978-3-7504-9985-0

Kapitel 1

Jack hat Fernweh

Nun lebte ich schon fast ein Jahr mit meinen Artgenossen Ben und Blacky bei Maria und Jacob und Bonzalez. Klar, ich hatte mein regelmäßiges Fresschen, konnte pennen, wann ich wollte, mit Ben und Blacky toben, schmusen, mit Bonzalez jagen, aber ich hatte immer so eine innere Unruhe in mir und dachte, das kann´s doch noch nicht gewesen sein. Da fällt mir wieder ein Lied ein: „Wem Gott will rechte Gunst erweisen, den schickt er in die weite Welt" oder so ähnlich. Ich höre es auch immer rufen: „Jack hinaus in die Freiheit, wir alle warten auf Dich, wir die Abenteuer und Streiche".

So schlich ich eines Abends zu meinen Freunden und miaute lautstark: Hey, es ist Zeit, ich muss weiter in die weite Welt, will meine Bella gerne wieder sehen und noch mal was Tolles erleben.

Blacky maunzte, „Mensch Jack, Du willst uns doch nicht etwa im Stich lassen, uns gefällt es hier, haben doch unsere Freiheit und liebevolle Menschen um uns, Du mit Deinen Eskapaden, immer auf der Hut sein, alles umkrempeln, bist eben ein Streuner, treulos und immer unruhig."

„Aber wer nicht will, der hat schon." Verzieh Dich einfach, na, hau endlich ab."

Ben hatte null Bock, auch seinen Senf dazuzugeben und Bonzales hörte das nicht, weil er schlief.

Mit leisen Samtpfoten schlich Jack kurz zu Maria und Jacob und miaute:" ich bin dann mal weg".

Traurig, aber auch verständnisvoll, ließen sie ihn ziehen, in der Hoffnung, er kommt zurück!

Wer weiß, wer weiß:

Jack wusste selbst noch nicht genau, wohin seine Neugierde und Abenteuerlust ihn führen würden, aber zuerst wollte er

zum Kirchturm und nach seiner Bella Ausschau halten und
vielleicht, wenn es seine Zeit erlaubt, musste er sich den
Kater Lucky vornehmen, ihn fertigmachen.
Nun war Jack schon lange unterwegs, aber er fand die
Kirche und auch den großen Park dazu. Schnüffelnd
strauchelte er durch das Gras und Sträucher und siehe da,
da raschelte doch was im Gebüsch, sah ulkig aus, keine
Maus, nein, auch kein Hase, nein ein Vogel, er schien
verletzt zu sein.
Nun, Jack war ja nicht der große Jäger und auch satt, so
wollte er helfen.
Hey Du Vogel, was ist passiert? Man wollte mich
erschießen, nur weil ich eine ganz normale Amsel bin, hier
gleich nebenan, da wohnt ein alter, verschrobener Knilch,
der auf alles zielt, was ihm vor die Büchse kommt. Kannst
Du mir helfen und mich ausnahmsweise nicht fressen?
Jack fiel ein, dass Lore und Trudi auch immer im Winter
Piepmätze aufgepäppelt haben." So, Du Armer, ich pack
Dich jetzt ins Maul und dann rase ich zu lieben Menschen,
die werden Dir helfen."
„Gesagt, getan", alles ging blitzschnell und im Nu waren sie
an der Mühle, wo auch Trudi im Garten spielte und gleich
zu Jack rannte. Wo kommst Du her, wie schön, Dich zu
sehen! Keine Zeit für Sprüche, hier kümmere Dich um den
schwarzen, er ist verletzt, ich muss weiter und tschüß!

Kapitel 2

Jack besucht den Amselquäler

Du hast mein Wort, kleine Amsel, ich zahle es ihm heim, Ehrenwort! Schon am Turm angekommen, spähte Jack nach links und rechts, nun wollte er den alten Knilch so doll erschrecken, dass er umfiel. Aber wie pack ich's an? Gute Frage! Jack sah schon das Haus und den Alten im Garten rumwuseln, da hatte er die Idee! Ich muss ihm in den Arsch beißen und kratzen, dass er so laut schreit, weil's weh tut.
Ein Kater, ein Wort! Ich bin kein Sprücheklopfer, sondern ein Mann, sorry, ein Kater, der Taten, los geht's!
Langsam schlich er und ganz voller Elan sprang Jack den Missetäter von hinten an, biss, kratzte und weg war er.
Ein lauter Schrei, der fast die Kirchenturmuhr übertönte.
Aua, au weh, autsch, seine Laute. Jack sah das Blut und wie sich der Alte zur Wohnung schleppte.
Das saß, Du wirst nie wieder einen Vogel abknallen, das schwöre ich Dir und wenn Du keine Tetanusimpfung hast, dann sieht es bös mit Dir aus. Hast Du verdient, alter Sack und schwups war der Kater schon wieder fort.
Menschen, sag ich Euch, die von der ganz üblen Sorte, die, die Tiere quälen, gehören bestraft, basta!
Nun blieb noch die Frage offen, sehe ich meine Bella wieder? Wo war das nochmals, eine Strasse entfernt, nein zwei oder auch mehr von der Kirche, es war ein anderer Ort und die hatte so einen dämlichen Namen, es war ein Vogel, Mensch Jack, du hast die Alzheimer!
Ach, „jetzt dämmerst im Karton": Schnepfenweg, daneben soll gleich eine Bäckerei sein, also immer dem Geruch nach.

Kapitel 3

Die Begegnung mit der Geliebten

So. nun aber geschwind und dalli dalli, wird schon dunkel und dann kann ich zwar gut gucken so wie alle Katzen in der Nacht, aber ich will sie bei Tageslicht sehen, meine Hübsche. Jack hatte keine große Mühe, das Haus zu finden, aber wie kann ich mich bemerkbar machen? Laut miauen, dann kriege ich was aufs Dach und bestimmt Wasser gleich mit. Da fällt mir wieder ein toller Spruch ein:" Nachts sind alle Katzen grau". Grau bin ich ja sowieso und überhaupt, ein selten dämliches Sprichwort. Weiße Katzen verwandeln sich dann wie ein Albino oder was?

Angekommen und bloß nicht klingeln, Mensch, was bin ich wieder clever, ich miaue einfach und bringe Bella ein Ständchen. Soviel ich weiß, haben die einen Garten. Also um die Ecke luken und dann singen oder miauen?

So fing ich an, oh Sole Mio. zu trällern und sieh einer an, da sprang fröhlich und bester Dinge Bella mir vor die Füße.

Sie hatte gute Laune und freute sich sehr. „Mein treuloser Katzenvater meiner Babys, wie oft habe ich mir diesen Tag herbeigesehnt und jetzt bist Du wirklich da. Lass Dich anschauen, recht stabil bist Du geworden, will mal nicht sagen, proper. Was treibt Dich zu mir?"

Recht verlegen schielte ich auf das andere vierbeinige Wesen, schon sehr verspielt, bildschön, dreifarbig und hörte auf den Namen" Beauty", schon seltsam, ist doch kein Kosmetiksalon hier oder? Dann entdeckte uns das Ehepaar, sie erkannten mich und auch deren Freude war groß. Wie schön, Dich wieder zu sehen, Du heißt doch Jack? Klar doch, bin kurz mal auf Tour, um meine ehemalige Braut zu überraschen. Ist mir ja auch gelungen. Wie heißt sie nun Bella oder Lady? Wir haben uns dann doch für Bella entschieden. So ging es dann noch einige Zeit mit dem Smalltalk und dann packte mich schon erneut die Sehnsucht zum Weiterziehen.

Schnell tapste ich zu den beiden Fellnasen, Küsschen und mit den Worten, Chiau Bella, Chiau Beauty, verschwand ich ums Haus.

Wer weiß, was die noch alles mit mir angestellt hätten, so eine Spießerfamilie, nee, nix für mich, muss sehen, " dass ich Land gewinne."

Im Sprücheklopfern bin ich einsame Spitze.

Nun hatte ich es im Kopf, den Lucky zu versohlen, diesen Lackaffen, nein Lackkater.

Wo war das noch mal, ah, ja, hab's, die Straße geradeaus, dann um zwei Ecken, dann links und zweimal rechts.

Ganz schön außer Puste angekommen, erblickte ich die Dumpfbacke.

Nicht lange fackeln, kurzen Prozess machen. Lucky sonnte sich in seinem Revier. Ich nahm Anlauf und sprang ihn von hinten an, biss ihn, krallte mich in seinem Fell fest und schüttelte ihn hin und her, bis er wimmernd davon lief.

So Du Angeber, auf nimmer Wiedersehen, noch einmal sich umschauen und Jack sah dem massakrierten Kater nach und dann tschüß.
So kann's einem gehen, wenn man die Nase zu hoch trägt.
Meine ganze Wut, Aggressivität steckte eben in mir und jetzt war ich erleichtert und zufrieden mit meinen Taten.
Vorhin bei Lady war ich auch nicht so nett, warum nur? Waren das die Wechseljahre beim Kater? Ach so ein Schmarren, gibt es nicht. Bin doch eben etwas launisch und unterfordert. Dort bei den Schafen hatte ich nie eine richtige Aufgabe. Klar, alle waren lieb und friedlich, zu friedlich. Langeweile ist das Schlimmste für mich und ich sag Euch mal was, ich werde mich nun richtig austoben bis zum Umfallen. Wer ist nun der nächste, „der nächste bitte, wie im Wartezimmer beim Tierarzt!" Oh nein, nie wieder zu dem, der hat mir meine Eier geklaut und seitdem ist „Schluss mit lustig". Kann nun meinen Stammbaum nicht mehr vergrößern, so ein Mist auch.
Ob ich doch noch mal bei meinem alten Krummbein vorbei husche, bin doch zu neugierig, ob der noch lebt oder schon „den Löffel abgegeben hat".
Meine poetische Ader, ich sag's Euch, gut nicht wahr?

Kapitel 4

Ein neuer Tag

Jetzt bin ich schon 2 Tage unterwegs und so richtig gut gefressen hab ich mal wieder nicht. Ja bei Bella bekam ich Trockenfutter und nun muss ich sehen, wie ich mir den Bauch vollschlage, doch wieder Mäuse. Na, wenns dann sein muss!" Der Hunger treibt es rein".

Muss mir was überlegen, wie ich an mein Fressen komme, damit ich zu neuen Missetaten bereit bin, muss Kraft tanken und Vitamine. Vielleicht treffe ich ja einen neuen Kollegen oder eine smarte Katzendame. Das wäre doch super. Nun gucke ich doch noch beim Krummbein rein, ist ganz in der Nähe. Jack schlich und als er an den Hof kam, war die Hütte leer und verfallen. Ist der Alte verreckt oder liegt in einem Heim und wartet auf ein Zeichen. Was geht es mich an, aber ich bin doch neugierig, wie es drinnen aussieht. Vorsichtig spähte Jack in alle Räume, Möbel waren noch da, und siehe da, der schöne alte Kamin ist auch noch am selben Platz. Dort hab ich immer mit meinem lieben Frauchen gesessen und geschmust und sie hat mir oft was von ihrem Essen abgegeben, der alte Sack aber nie. Dann soll er jetzt" in der Hölle schmoren".

Plötzlich raschelte es in dem einem verlassenen Zimmer, das war das Nähzimmer der Frau Krummbein. Jack, neugierig, wie er war, schlich sich an und was entdeckte er, ein Fellbündel, ganz schwarz mit etwas weiß auf der Brust. Es kam langsam auf Jack zu und in der Tat, es miaute. Mensch, wer bist Du? Warum bist Du hier? Nicht zwei Fragen auf einmal, ich bin Jack, der clevere Kater und ich habe hier mal gewohnt, bis man mich mit einem Tritt nach draußen beförderte auf nimmer Wiedersehen. Dann zog ich von dannen und was machst Du hier? Ich wohne zehn Häuser weiter, aber meine Leute sind weggezogen und haben mich einfach zurückgelassen. So zog ich von Haus zu Haus, manchmal hatte ich Glück und bekam was zum Beißen, aber dann gab es wieder Tage, wo ich auf Mäuse und Vogelfang musste. Dann habe ich mich hier versteckt, weil die Katzenfänger kamen, ich sag Dir, mit so einem riesigen Käfig, nee, ich wollte nicht weg aus meiner Heimat. Aber niemand will mich haben, weißt Du nicht ein schönes, gemütliches Plätzchen für mich? Ich bin nicht mehr so frisch, vielleicht 15 und brauche meine Ruhe und im Winter ein warmes Plätzchen. Stell Dir vor, hier habe ich ganz viele Reste vom Essen gefunden, hab einfach den Kühlschrank versucht, zu öffnen und da war Käse, Speck, alles noch genießbar. Ich habe gehört, der Alte hier, wurde eines Tages mit der Feuerwehr weggebracht und kam nicht zurück.

Hinten in der Speisekammer waren auch noch Brekkies, bestimmt von Dir, recht tauglich, geh schauen, ist noch was da. Das ließ sich Jack nicht zweimal sagen, so ausgehungert, wie er war.

Jack fraß und dann trottete er gemächlich zu seinem neuen Kumpel. Wie heißt Du denn? Sie riefen mich Kalli, einfach zu merken. Jack hatte plötzlich wieder eine seiner Ideen, „ Mensch Kalli, komm doch mit mir, dann zeige ich Dir die

Welt und was ich so treibe. Hier gibt es eh nichts zu holen und gemütlich ist was anderes.
Auf ein Wort und nun zogen die beiden Kater zusammen los.

Kapitel 5

2 Katzenkumpel auf Abwegen

Kalli und Jack stromerten wie zwei alteingesessene Hasen durch die bunten Wiesen und Wälder, da ein Gebüsch, dort eine große Höhle und von oben das Vogelgezwitscher. Du Schwarzer, bist Du auch bereit für ein Verbrechen? Natürlich kein Mord und Totschlag, aber es soll schon wehtun und den oder die treffen, die Dich verstoßen haben. Weißt Du denn, wohin Deine Leute gezogen sind?

Ich glaube, es sind 3 Orte weiter, ca. 10 km, aber sicher bin ich mir nicht, doch meine Herrschaften arbeiten beide noch in einer Schule, hier ganz in der Nähe und fahren mit dem Rad zur Arbeit, sind so Ökofreaks.

Jack schlug vor, die Fahrräder zu demolieren, Luft raus und reinbeißen oder auch nicht. Dann müssen sie schieben oder wenn sie es nicht merken, dann landen sie oh weh an einem Stoppschild.

Kalli war eher verhalten und überlegte noch, war letztlich dann damit einverstanden.

So suchten beide die Räder, natürlich in der Pause, wenn alle Schüler und Lehrer in ihren Räumen waren. Du kennst schon die Räder?

Klar ,er, der Oberlehrer und Klugscheisser [3] fährt ein Didi Thurau E-Bike, (ist nicht verwandt mit Didi Hallervorden,) 7 Gänge schwarz mit Frontmotor, schweineteuer 1600€ und sie, die neunmalschlaue Oberstudienrätin, radelt mit einem E-Bike City Cloud in silber, hat auch viel zu viel gekostet: Für mich hatten sie noch nicht mal Knete übrig für ne Impfe oder Flohmittel. Lieber schmissen sie mich nachts aus dem Haus, sollte sehen, wo ich bleibe.

Jack fand noch einen kleinen spitzen Stein, den er im Maul trug und nun konnte das Manöver beginnen. Beide fanden schnell die angeschlossenen Bikes und nun war harte Arbeit angesagt. Beide fuhren mit ihren Krallen mehrmals in alle 4 Reifen, dann mit dem Stein hin und her. Ihr wisst doch gar nicht, wie scharf unsere Krallen sind. Auch in den Sattel muss Luft. Ihr Verräter, Katzenverächter und was fällt mir noch so ein, Ihr Besserwisser, Katzenhasser usw. Jack fiel nichts mehr ein, als er so seine ganze Wut und Frust in die Reifen biss. Kalli hielt sich etwas zurück, war noch nicht geschult, muss noch viel vom guten Jack lernen. Aber „aller Anfang ist schwer" und so ganz nebenbei miaute Jack ihm zu „ Es ist noch kein Meister vom Himmel gefallen".
Wollen wir jetzt auf die beiden warten und uns dort hinten im Gebüsch verstecken? maunzte Kalli.
Klar doch, war die Antwort.
Bestimmt vergingen noch viele Minuten, bis die beiden Eheleute sich auf ihre fahrbaren Untersätze schwangen und los radelten. Autsch, es dauerte garnicht lang und in kurzer Entfernung war das 1.Rad schon auf der Seite. Hab ich doch richtig geknabbert, der hintere Reifen war pfutsch und Frau Oberlehrerin lag im Straßengraben.
Das andere Didi-Rad kam näher und blieb wohl von den Kratzern und Bissen verschont. Man hörte nur ein Jammern und Fluchen, Schimpfen, Schreien und kurz danach ertönte das Horn eines Krankenwagens.

Keine Leiche, keine Toten, nicht so wie bei Polizeiruf oder Tatort, aber ein perfektes, kleines Katzenverbrechen.

Super, sage ich Euch, bin mal wieder stolz auf mich, ich, der clevere Kater Jack.

Genial, famos, gut geplant, gelungen und Genugtuung lag auf dem kleinen Katzengesicht vom tapferen Kalli, aber auch Tränen kullerten auf seine Schnurrhaare.

Er war viel zu sensibel für solche Aktionen und zu seinem neuen Katzenkumpel sagte er:" Mensch Jack, ich bin nicht so abgebrüht und cool wie Du. „

Aber Jack erwiderte, Katerchen, " Du Hosenschisser,,musst noch viel lernen. Ich hab mich „mächtig ins Zeug für dich gelegt und viel zu weit hinausgelehnt".

Das muss ich jetzt nicht verstehen, war seine Antwort. Das sind Sprichwörter, meinte Jack, die habe ich alle in meinem schlauen Superhirn gespeichert.

Nun war Kalli total verwirrt, wusste nicht ein noch aus und am liebsten wäre er wieder in die alte Scheune zurück, wo er wenigstens in Ruhe schlummern konnte.

Was hat uns das jetzt gebracht? nichts als Herzrasen und mein Puls ist auf 100, das kann und will ich nicht noch mal versuchen, aus basta.

Kapitel 6

Die Ruhe vor dem Sturm

Nun zogen die beiden Fellnasen weiter und wollten erst einmal was fangen und fressen. Machte natürlich Arbeit, denn das Fresschen flog ihnen nicht wie im Schlaraffenland zu, leider keine gebratenen Hühnerkeulen, Schinken und flatternde Bockwürste. Beide mussten sich für heute mit Mäusen und einem verendeten Vogel begnügen. Igitt, stöhnte Jack, er mochte das ganz und gar nicht. Vielleicht wäre es doch besser gewesen, bei den anderen und den Schafen zu bleiben, da hatte ich mein Futter und auch mal was vom Tisch und ne Scheibe Wurst extra.

Ich bin schon manchmal ein blöder Kater. Wenigstens habe ich es eingesehen, wie schwierig und anstrengend es ist, Futter zu bekommen. „ Einsicht ist der erste Weg zur Besserung".

Heute machen wir nichts mehr, versprach Jack und wir suchen uns jetzt einen Schlafplatz. Mal sehen, wo wir uns aufs Ohr legen können. Siehe, da, „ein Türchen öffnete sich „ und Kalli und Jack sahen ein Licht in der Ferne, denn es dämmerte bereits. Es war eine Gaststätte, die heute Hochbetrieb hatte, wohl eine Feier. Man hörte Stimmen, Gesang und laute Musik. Na, die werden uns wohl kaum zu Tische bitten. An der Tür hing ein Schild: „geschlossene Gesellschaft." Kannst Du das lesen? fragte der schwarz-weiße aufgeregt seinen Artgenossen. Natürlich nicht, ist Menschenschrift. Wir Katzen schreiben nicht, wir miauen, schnurren und mit unseren Pfoten fangen wir Mäuse, putzen uns die Nase, aber schreiben, nein!

Lass uns zum Hintereingang schleichen, da sind bestimmt auch Mülltonnen und wir finden was für zwischen die Zähne, vielleicht? Beide waren so mucksmäuchsenstill und leise und es war am Hof nichts los. Nun entdeckten sie dort einen kleinen Schuppen, die alte marode Tür war angelehnt und vorsichtig spähten sie hinein. „ Die Luft ist rein", los komm, hier übernachten wir einfach. Eine alte Truhe und sogar eine Decke drauf, stand rechts und so hatten beide Platz zum Schlummern. In der Mülltonne, die offen stand, fanden sie sogar noch vom Mittag was Brauchbares, Fleisch mit Kartoffeln. Die haben alles im Überfluss und schmeißen es einfach weg. Für uns heute Nacht ein 3- Gänge - Menü. Satt und zufrieden und müde vom langen Weg schliefen sie endlich dicht an dicht ein.

Gegen Morgen wurden beide durch lautes Türeschlagen wach und schnell versteckten sie sich hinter anderen Kisten und Kartons. Die Wirtin, eine dickliche, kleine Person, entdeckte uns aber und erst war sie wütend, aber dann beruhigte sie sich und sagte zu ihrem noch dickeren Mann: Mensch Paul, jetzt haben wir wieder 2 Mäusefänger. Ihr könnt hier bleiben und Mäuse fangen und bekommt dafür immer gute H-Milch. Die brachte sie auch, für heute morgen war das erstmal ein Katzenfrühstück. So vergingen einige Tage, es waren wohl sieben, da hatten Kalli und Jack die Nase voll und hauten einfach ab. Wir sind doch nicht „die Rattenfänger von Hameln", bei denen" piept es wohl im Karton". Immer, wenn ich mich aufrege, fallen mir dumme Sprüche ein, obwohl, manche sind gar nicht schlecht, dachte Jack. Nun blieb die Frage offen, wohin, welche Richtung? Norden, Osten, Süden oder Westen?

Kompass haben wir nicht, nur unsere Spürnasen, Schnurr -und Tasthaare und unseren Geruchssinn und gute Augen.

„Ruhe vor dem Sturm", denkste, jetzt mussten beide höllisch aufpassen, denn hier war gerade Jagdzeit und man hörte schon die Büchsen knallen. Wahrscheinlich die bekloppten, die wieder alles, „was nicht zeitig auf dem Baum ist", jagen müssen. Sei es Meister Lampe oder Hoppel, Reinecke Fuchs, Bambi &Co, die Wildschweine usw. Lange Liste, viele Schüsse und Kugeln. Am schlimmsten ist die Treibjagd, da müssen die armen Hunde rennen wie die verrückten und die Hasen jagen. Wer will denn schon Rehrücken, Hasenkeule oder Wildschweinlende fressen? Verzeihung, Ihr Menschen esst ja alles!! Los Kalli, versteck Dich hinter mir und nun rauf auf den nächsten Baum, los beeil Dich, sonst wird uns beiden das Fell über die Ohren gezogen und wir landen als Bettvorleger vor dem Kamin von so einer Tussi, die schon ein Bärenfell und Kaninchenmantel hat. Selbst die Tierschützer sind oft macht - und ratlos. Was stellen die alles an, damit unsere Artgenossen und anderen Vierbeiner im Wald und Flur am Leben bleiben. Tierschutz, das ist auch so ein Thema für sich: Vor dem Gesetz sind wir nur eine Sache, man achtet uns nicht. Massentierhaltung, allein die vielen armen Schweine, die täglich verenden, die Millionen Hähnchen, die am Grill schmoren, warum, weil Ihr Menschen immer nur Fleisch haben wollt und unter welchen Bedingungen, billig, viel und auf unsere Kosten. Möchte nicht wissen oder es erahnen, wie viele Samtpfoten im Ausland gegessen werden. Allein der Gedanke, es schaudert mich und es ist gruselig.

Aber die Natur rächt sich täglich und immer wieder lernt der Mensch nicht daraus, trotz der komischen Viren, die jetzt auf dem Markt sind. Alle Welt spricht von einer Pandemie, jeden Tag sterben auf unserer Erde viele Menschen daran, auch Tiere?

Genug Kalli, kannst wieder runter kommen, der Spuk ist vorbei, wir ziehen jetzt weiter. Ich mag auch nicht mehr philosophieren. Mein kleiner Kopf ist voll von dem Mist, abschalten!!

Katerchen, es ist wichtig! wir müssen heute noch eine Missetat vollbringen, wollen natürlich die Menschen treffen, die uns nicht mögen. Fällt Dir was ein? Der arme Kalli, total erschöpft und überhaupt nicht in der Spur, ihm fiel nun gar nichts Schlimmes mehr ein. Seine Gedanken waren bei einer Katzenfamilie, die er sich immer aufs sehnlichste erhofft und gewünscht hatte. Jack meinte, man solle mal alle Bauernhöfe hier in der Gegend abklappern, schauen, wo das Elend wartet.

Na gut, dann los und beide schlichen zum nächsten Gut, sahen auch schon einen großen Hund an der Kette. Ist denn so was überhaupt erlaubt? Aber beim näheren Hinschauen sahen sie, dass es doch eine lange Leine war. Hey Du Armer, warum bist Du angebunden? Harry, der schwarze Labrador, bellte kurz und man sah in seinen traurigen Augen, dass es ihm nicht gut ging. Er war auch ziemlich mager und es folgte ein klägliches Bellen.

Schnell handelten sie und zerbissen die lästige Leine und nahmen Harry einfach mit. Der trottete gemütlich hinter den beiden Samtpfoten her. Wirst sehen, hast es gut bei uns, versprochen!

Kapitel 7

Ein gelungener Tag

Die Sonne schien heute so hell, dass man Freude an diesem Tag hatte, es war Herbst und schon viele Blätter wirbelten in bunten Farben durch den Wind. Jack und sein neuer Freund hatten ganz gut den nächtlichen Waldausflug ohne Schaden überstanden. Keine Schrotkugel im Hintern und nun noch Harry im Gepäck, den sie ganz schnell mal gerettet hatten. Sichtlich wohlgelaunt schlichen sie nun geradeaus und kamen an eine Landstrasse. Irgendwie kam Jack dieser Weg bekannt vor und siehe da, die Bahngleise. Stopp Kalli, stopp Harry, hier müssen wir einfach halt machen und dem ollen Kurt einen Streich spielen. Ist bestimmt eine längere Geschichte, schnurre ich Euch mal in Ruhe bei einem Milch-Shake.
Am Bahnwärterhäuschen vorbei sahen sie Kurt im Garten bei seinem doofen Gemüse. Also gab es Kurt noch und gehörte nicht zum alten Eisen, obwohl, ganz neu war der halt nicht mehr oder sah er nur so alt aus! Kalli, der hat immer leckere Wurst und Käse im Kühlschrank, Du pinkelst ihm ins Gemüse, Hund, Du knurrst und bellst. Euch kennt er nicht und ich stibitze alles Genießbare aus seinem Kühlschrank. Wie beim letzten Angriff bei Kurt, packte er alles in einen kleinen Beutel, sodass er es im Maul tragen konnte .Wir treffen uns nachher wieder hier, habt ihr das verstanden? Bin doch nicht blöd und ich soll wirklich pinkeln? Mensch Kater, spreche ich chinesisch? Klar, volle Pulle.
So geschah es und Kalli machte sein Geschäft vor den erstaunten Augen des Bahnwärters. „ Du elendes Mistvieh, verschwinde, sonst kannst Du was erleben". Harry bellte so laut, dass man fast das Signal der Bahn nicht hörte und dem Kurt war bange. So schnell wie er konnte, rannte der arme Kalli zum Treffpunkt und sah auch schon Jack mit vollem

Maul auf sich zukommen. Der Bahnwärter hetzte in sein Kabuff, so schnell ging es nicht mehr, ganz außer Puste erreichte er es, Tür zu! Gerettet!
Reichliche Beute, bitte lasst es Euch schmecken, ist nur Mundraub, wird vor dem Gesetz nicht bestraft.
Alle drei fraßen genügsam und gaben sich vorerst zufrieden mit dem Gestohlenen.

Kapitel 8

Die drei Musketiere

Kalli, Harry und Jack wollten nun weiterhin für die Gerechtigkeit kämpfen, Tierhasser und Quäler aufspüren und bestrafen. Sie fühlten sich wie eine Garde aus loyalen Männern, (Katern) die in Frankreich die Elitekämpfer des Königs im 17. Jahrhunderts waren mit dem Schlachtruf: „Einer für alle, alle für Einen". Natürlich Kater und Hund, die sich letztlich für eine gute Sache einsetzen wollten.
Manchmal kamen dann doch Jack sehnsuchtsvoll die Erinnerungen an seine zurückgebliebenen Kumpel Ben, Blacky und Bonzales. Sie fehlten ihm plötzlich. Sein Gewissen plagte ihn: Macht man denn so was? Verlässt man seine Freunde? Dann verdrängte er alles ganz schnell und sagte sich:" kommt Zeit, kommt Rat" und „alles zu seiner Zeit"!
Na ja, wenn wir hier aufgeräumt haben und mit den bösen Menschen fertig sind, maunzte jetzt Jack, dann werden wir weitersehen.
Jetzt und hier ruft noch das Abenteuer! Ich, wir kommen!
Was war das nächste Ziel? Jack hämmerte mit seiner Pfote an seinen Kopf und raunte: „Meldung an Superhirn, gib mir Befehle!" Kalli und Harry schielten sich an und meinten: er hat sie wohl nicht alle, jetzt dreht er völlig durch.
Katerchen Jack hatte mal wieder einen Plan. Wir suchen uns jetzt einen neuen Schlafplatz und Hunger haben wir auch, also, was bietet sich besser an, als ein Bauernhof?

So liefen die drei, vergeblich suchten sie einen geeigneten Ort, um sich auszuruhen und fit für die neuen Taten am nächsten Tag zu sein. Seht doch, da hinten, wieder ein großes Licht.

Sie kamen näher und es sah aus wie eine Gärtnerei. Hier bleiben wir bitte, jammerte Kalli und auch Harry hatte null Bock mehr zum Laufen. So schauten sie rechts und links, um alle Ecken.

„ Die Luft ist rein". Im großen Gewächshaus war genug Platz für die Ermüdeten. Was zu Fressen, was Brauchbares, wäre schon schön. Man sah nur Salat, Gurken, Tomaten, aber es gab auch Obst in Hülle und Fülle. Na, dann legen wir eben mal einen vegetarischen Tag ein, oder? Harry war nicht verwöhnt und er kannte Gemüse, er fraß gemütlich 2 Gurken und eine Tomate. Ich versuche es auch einmal , miaute Kalli und im Nu knabberte auch er an einer Gurke. Nur Jack war stur, nix für mich, dann fang ich eben eine Maus!

Am nächsten Morgen verließen mit verschlafenen Blicken die Musketiere das Gemach und nun wollten sie eine gute Tat begehen.

Hier kommen noch ganz viele Bauernhöfe, manche sind gar nicht mehr in Betrieb. Machen wir erst einen Abstecher zu dem Hühnerhof, geht quer durch die Wälder.

Dort lebten viele Hähnchen und Küken, Enten und Gänse.

Kommen alle in die Suppe oder auf den Grill, widerlich.

Dann dürften wir auch kein Katzenfutter mehr fressen und Du Harry auch kein Fleisch, ist nun mal Eiweiß drin und Proteine brauchen wir Fellnasen schließlich, deshalb sollen wir ab und zu eine Maus killen.

Lautes Geschnatter und Krähen, dann eine große Schar von Federvieh watschelte durch die Wiese und machte höllischen Lärm. Vorsichtig lugten die drei in die Ställe, alle Tore standen offen, dann sahen sie auf einmal in der Ecke einen alten Gaul stehen, angebunden, mager und wackelig auf seinen Hufen.

Mensch Du Brauner, was ist los mit Dir? Du hast ja kein Licht, keine Sonne und wie es aussieht, auch kein Heu und Wasser.

Wir nehmen ihn einfach mit, aber wie, wir geben ihm ein Zeichen, dass er mittrotten muss, das wird schon klappen.

Gerade, als sie just davoneilen wollten, kam von links ein stämmiger Bauer in abgelatschten Gummistiefeln und rief: Bleibt stehen, Ihr Mistviecher. Nein, das machten sie nicht, zügig liefen sie und animierten das Ross zum Traben, aber geschwind. Der alte schräge Vogel konnte nicht mithalten und fiel längs hin. So hatten sie Vorsprung. Alles ging sehr schnell und unsere Retter versteckten sich mit ihrem neuen Begleiter im Wald. Wie heißt Du denn? Er wieherte und in der Tiersprache hieß das wie „ Nobody", also auf deutsch: ich habe keinen Namen.

Wir werden ihn zu Funny und Holger bringen, das ist der Hof mit den Haflingern. Die Glückskatze hat uns damals geholfen, meinen Kollegen und mir und wird es sicherlich auch heute tun.

Jack wusste noch den Weg, ihm taten seine Pfötchen weh und wieder fiel ihm eine Sprichwort ein, nein es war ein Spielfilm: „Soweit die Füße tragen", eine traurige Geschichte. Nun erreichten sie ihr Ziel und Funny sah das Gespann schon von weitem und lief allen entgegen. Wo kommt ihr denn her und dann erkannte sie Jack. Dich kenn ich doch, braucht Ihr einen Schlafplatz und Futter? Unser großer Freund auf jeden Fall, er ist ein Nobody und hat Kohldampf. Ich frage eben Holger, der macht das ganz bestimmt und sehr zufrieden kam sie schnell zurück und Nobody marschierte ihr hinterher in den Stall. Dort wartete Wasser und Hafer auf den müden Gaul.

Gerettet, Mensch, wie haben wir drei das gemacht, sind eben fast echte Musketiere!! Muskepfoten!

Wir werden Holger sagen, wie dreckig es auf dem Hof ist und die Hühner und Enten nicht gut versorgt werden, soll das Veterinäramt hinschicken und Polizei und die sollen endlich dort   „Klar Schiff machen."

Kalli maunzte, er habe Hunger und auch Harry hätte gerne einen Knochen und Wasser. Funny besorgte für alle was und Holger erlaubte auch diesmal, dass die drei im Stall übernachteten. „Wie schön", dachte Jack, jetzt habe ich für kurze Zeit wieder eine Familie. Die Nacht brach an und zufrieden und satt schliefen alle ein. Nur ein lautes Schnarchen war in der Scheune zu hören.

Kapitel 9

Neue Wege, neue Taten

Ein neuer Tag, ein wunderschöner, sonniger Morgen, es war spätsommerlich warm und unsere Helden verabschiedeten sich von Nobody mit den Worten:" Man sieht sich immer zweimal im Leben."
Holger hatte Harry noch einen Beutel um den Hals befestigt mit Katzen- und Hundebrekkies, wie rührend.
Ich bin ja so froh, sag ich Euch und Jack gab mal wieder höllisch an und protzte mit seinen Taten. Kalli dachte:" der Angeber", miaute es aber nicht und Harry war einfach nur dankbar, dass er nicht mehr an der blöden Leine war.
Kalli war überhaupt nicht gut drauf und wollte jedoch nicht seine Traurigkeit zeigen, so passte er sich an und schlich mit.

In den nächsten 2 Stunden passierte nicht viel, etwas Sonne, dann regnete es und unser Trio ruhte sich aus, fraß sein Futter und neue Wege taten sich auf.

Es gab im nächsten Ort eine Hundeschule und man erzählte nur gute Dinge über die Besitzer. Ein Ehepaar so um die 40 kümmerte sich um Hunde, die noch was lernen sollten und Erziehung brauchten. Aber die beiden waren auch bekannt für ihre Tierliebe und hin und wieder nahmen sie misshandelte Kreaturen auf.

Harry, vielleicht haben sie ein Plätzchen für Dich, dann wärest Du endlich unter Deinen Artgenossen und hättest ein warmes Zuhause, auch für immer pünktliches Fressen und viele Streicheleinheiten. Sie ließen Harry vorlaufen und auf den Plätzen machten Hunde aller Art sportliche Übungen und hatten sichtlich Spaß dabei. Jack flüsterte Harry zu, Du musst auf Mitleid mimen, sonst nehmen die dich nicht.

Der Hund trottete zu der Frau, die gerade aus der Tür kam und Harry setzte sich einfach hin, so dass sie stehen blieb und ihn beäugte. Hallo, mein Lieber, wo kommst Du denn her, hast Dich verlaufen? Dann jaulte Harry etwas kläglich, aber hörbar und winselte. Offensichtlich hatte er schon ihr Herz erobert und sie nahm ihn mit ins Haus, wo er Fressen und Wasser bekam.

Der hat ein Glück und wir? haben doch heute auch nicht viel gehabt. Wir müssen uns bemerkbar machen. Also miauten wir, Kalli und ich im Wechsel, bis die nette Dame uns entdeckte und was ist mit Euch? Gehört Ihr zusammen, so wie die „Bremer Stadtmusikanten?"

Als Antwort miauten wir erneut, bis sie begriff, dass wir Hunger hatten und sie stellte uns 2 Schalen vor die Nase.

„Na geht doch" dachte Jack.

Wir müssen ihr verklickern, dass Harry ein Zuhause sucht und wir ihn nicht wieder mitnehmen können. So versuchten wir mit Miauen, Maunzen, Schnurren und Zeichen mit unseren Pfoten ihr das zu vermitteln. Nach einigen Gesten und Lachen auf ihrem Gesicht war der Bann gebrochen und Harry schleimte sich richtig doll bei ihr ein, gab Pfötchen, machte Sitz und apportierte sämtliche Gegenstände, die er fand.

Machs gut Kumpel, wir besuchen Dich demnächst! „Halt die Ohren steif".

So verschwanden wir wieder und guckten uns noch mal um, ob Herr Hund wirklich dablieb.

Dieser hatte offensichtlich Freude und ein lautes Bellen begleitete uns noch eine Weile.

Wieder eine gute Tat vollbracht für heute, aber was ist mit den Missetaten und kleinen Verbrechen, dachte sich Jack und strengte seine grauen Gehirnzellen erneut an.

Kalli, bist Du bereit für ein kleines, kriminelles Vorgehen?

Kater, Du mit Deinen Ideen immer, langsam hab ich es satt, " bin doch aus ganz anderem Holz gestrickt", jetzt ist mal ein toller Spruch von mir. Ich sag Dir gleich, nein, ich bringe niemanden um die Ecke oder quäle andere Artgenossen.

Aber Kalli, wer sagt das denn, du bist eben ein Weichei, kannst doch nichts dafür. Muss ich nun ein neues Heim für Dich suchen, aber wo und wie?

Der arme, erschöpfte Kater Kalli hatte fast ein schlechtes Gewissen, seinem cleveren Freund eine Last zu sein und irgendwelche schlimme Taten, nein, das wollte er auch nicht.

Er beschloss, einfach abzuhauen. Wenn Jack schliefe, dann wolle er türmen, gleich heute Nacht.

Kapitel 10

Jack wieder allein

So kam es und um Mitternacht, als beide unter einer Hecke schlummerten, machte sich unser "leicht am Wasser gebauter Kater" auf den Weg. Eigentlich jagen Katzen nachts und sind nachtaktiv, aber diesmal waren sie zu müde und auch satt.

„Weichei hat er mich genannt, der spinnt doch wohl, wie der mit mir redet, nee, das kann und will ich nimmer dulden." Ich schleich mich zurück zur Hütte, wo ich meine Ruhe habe, bloß mit dem Futter, das ist so ne Sache, dann muss ich eben wie ein richtiger Kater Mäuse und Vögel fangen.

Aufgeschreckt von dem Vogelgezwitscher, erwachte Jack sehr früh und vermisste sofort seine andere Samtpfote.

Hey Kalli, wo steckst Du? Kannst mich doch nicht alleine lassen. Er schnüffelte, roch in allen Ecken, aber nirgends wo war sein Zeitgenosse. Einfach abgehauen, ohne Tschüß zu sagen, nicht die feine Katzenart, ich habe immer Tschüß oder Adieu gemaunzt.

Jetzt bin ich so richtig in Fahrt, schnell was zwischen die Beißer und dann bin ich bereit für eine Missetat. Aber was stell ich nur an? „Kommt Zeit, kommt Rat", und plötzlich dämmerte es und er erinnerte sich an den Wochenmarkt, wo die Händler ihre Waren vertickten. Vielleicht finde ich den Heini mit dem schicken Boss -Anzug, dem statte ich einen unangenehmen Besuch ab und pisse ihm ans Bein.

Nach einiger Zeit fand er den Wochenmarkt und sah auch den Angeber mit seinen Töpfen und Bestecken hantieren. Es war wenig los um diese Uhrzeit, noch recht früh am Morgen.

Jack spähte und wollte auch nicht auffallen, aber so klein war er nun auch nicht. Eine Katze übersah man nicht. So schlich er immer neben einer alten Dame, die ihn gar nicht bemerkte.

Am besagten Stand angekommen, da machte auch sie halt und sah sich die Töpfe an, griff Jack von hinten an.

Er sah auch die Kassette, natürlich offen, zwei Scheine vielleicht, das müsste klappen, aber erst an seine Hose gelangen. Geschickt und unbemerkt, weil der Typ der netten Dame die Töpfe zeigte, stahl unser vierbeiniger Dieb zwei 50 Euroscheine, hielt sie im Maul und pinkelte nicht an das Hosenbein, sondern gegen die Bude, als er um den Stand flitzte. Einige Marktbesucher schrieen, da, ein Kater, was hat der im Maul? Andere lachten sich halbtot, weil sie das Spektakel beobachtet hatten. Glaubten wohl, Jack gehöre zu dem Verkäufer. Na, auch egal, er hatte Beute und seinen Spaß und wollte auf jeden Fall das Geld zu Funny und Holger bringen, der Futter für Nobody kaufen musste. Vielleicht freut der sich, hoffe ich.

Marschiere ich erst zu Nobody oder hecke ich noch was richtig Schlimmes aus? waren die Gedanken von Kater Jack. Egal, ich möchte heute noch jemanden gewaltig ärgern, vielleicht die bescheuerte Perserkatze Miss Dolly. Hätte ich doch gleich erledigen sollen, als ich Kater Lucky vermöbelt habe. Schnell rannte er Richtung Hof von Dolly, wo er sie schon in der Abendsonne faulenzen sah." Die doofe Katze macht den ganzen Tag nichts als chillen, sich sonnen, fressen, nur vom Feinsten, wie ich hörte. Was mache ich mit ihr? Er überlegte, kratzen und beißen ist nicht elegant, aber ärgern, ja, das wollte er sie auf jeden Fall. Ich werde zwei, drei Mäuse fangen und die in ihren wertvollen Futternapf stopfen, wo immer alles vom Besten zubereitet wird: Kalbsleber, Nierchen, tolles Hähnchenragout usw. Die Mäuse lass ich leben und die sollen auf der Terrasse ihr Futter versauen. Na, die wird staunen! So passierte es, dauerte noch einige Minuten, aber zufrieden beobachtete unser schlauer Kater das Geschehen von weitem. Langsam begab sich Miss Dolly zu ihrem Futterplatz und kurz vorher stoppte sie und ein fürchterliches Miauen erklang. Sie ekelte sich und mit lautem Protest machte sie kehrt. Jedenfalls habe ich ihr das Abendbrot versaut und mit einem zufriedenen Grinsen machte er sich aus dem Staub. Werde nun zu Holger schleichen und ihm das Geld bringen, habe es an einem sicheren Ort vergraben, konnte ja nicht Mäuse fangen und gleichzeitig die Knete im Maul tragen. Schnell und unbemerkt scharte er am besagten Platz und schleunichts rannte er zu Funny und Nobody. Große Freude und Erstaunen über das Geld, aber Holger fragte nicht, wie, woher und nahm es dankend an. Kannst hier heute übernachten, waren seine Worte. Und eine riesige Portion Fresschen gab es auch.

Kapitel 11

Urlaub für Jack

Funny schlug dem müden Kater vor, bei Holger, Nobody und ihr, einige Tage Urlaub zu machen. Ruh Dich doch aus und bleib eine Weile hier. Dann bin ich nicht so allein und wir leisten doch gern unserem neuen Stallbewohner ein bisschen Gesellschaft. Gute Idee, erwiderte die Fellnase, ein Wiehern und alles war beschlossene Sache. „Ein Mann, ein Wort", natürlich ein „Kater, ein Miauen". Unser Sprücheklopfer fühlte sich mal wieder als" Hahn im Korb", aber eher im Stall. So vergingen wunderbare Faulenzertage für den cleveren Kater. Frühstück und Abendbrot waren gesichert, keine doofen Mäuse, Milch und Brekkies standen auf dem Speiseplan, auch mal Käse.

So verging eine ganze Woche und wieder juckte es Kater Jack in den Pfoten und wollte weiter. Aber diesmal verabschiedete

er sich ganz förmlich und Nobody trabte noch einige Schritte hinterher und Funny miaute: War schön mit Dir, komm doch bald mal vorbei. Winkend guckte Holger kurz aus dem Stall und machte sich an seine Arbeit. Jack schlich nun gemütlich geradeaus, aber wo wollte er eigentlich hin? Er war ausgeruht und Langeweile, nee, das war nichts für ihn. „Gute oder schlechte Tat?" war hier die Frage. Mit dem Geld für den Gaul, das war doch beides, dem Marktheini habe ich das Geld geklaut und Holger habe ich es geschenkt, „ Zwei Fliegen mit einer Klappe", dieses Sprichwort hatte ich noch nicht. Ich bin gut oder? Meine poetische Ader, aber berühmt bin ich noch nicht geworden. Wer soll mich auch entdecken? Hier im Wald und auf der Wiese, auf den Dörfern, hier ist doch Einöde, Niemandsland,„ weit vom Schuss" sagt man doch in der Menschensprache oder? Lange sinniert und Poesie hin oder her, jetzt müssen „neue Wege sich auftun", keine Abgründe, wohlgemerkt. Aber wohin soll ich? geradeaus, rechts oder links, wieder umkehren. So suchte sich Jack einige Blätter und ließ sie einfach nach kurzer Zeit fallen und wo sie hinwehten, da wollte er den Kurs einschlagen.
Er, nein die Blätter, haben sich für geradeaus entschieden.
Ein Rufen, neues Abenteuer war fällig. Keine Zeit verlieren und so pirschte er gemütlich durch die Wiesen, wo Meister Lampe, Bambi und einige Vögel ihm begegneten.
Alles ganz friedlich und im Einklang mit der Natur, ganz gemütlich lief Jack nun schon einige Kilometer. Vielleicht begegnet mir eine hübsche Katzendame: Klotten sind zwar weg, aber trotzdem „strotze ich noch vor Lust."
Es kann doch nicht sein, dass ich hier ganz alleine bleibe, waren seine Gedanken.
Als ob ihn der liebe Gott erhört hätte, erschien auf einmal ein Wesen von ganz besonderem Charme, eine Waldkatze, wunderschön gezeichnet mit drei Farben, ein Mädel also. Links und rechts waren Laub-Misch und Tannenbäume und diese Strecke liegt sehr abgelegen von der Stadt. Beide

beäugten sich aus der Ferne, Jack wusste noch nicht, wie er sich verhalten sollte. Sie war fast 2-mal so groß wie er und man musste vorsichtig agieren. Ganz bescheiden miaute er und tanzte ein wenig auf der Stelle, sah bestimmt bescheuert aus, aber egal, ich muss ihr voll imponieren, dachte er. Er hatte Erfolg und die anmutige Wildkatze näherte sich unserem Casanova. Sie miaute zurück und nun waren sie keine 3 Meter von einander entfernt. Wie schön Du doch bist, schleimte Jack, wohnst Du hier ganz allein, waren nun seine Katzenworte? Mir gehört der Wald, antwortete sie. Ich habe lange nichts gefressen und habe ziemlichen Kohldampf, wo gibt es was? erwiderte Jack.

Nun, dann musst Du jagen, so wie ich es täglich mache, ich bin kein Kuschelhaustier und um zu überleben, müssen Mäuse, Kaninchen und Vögel dran glauben, ist eben so.

Kapitel 12

Die neue Freundin

Um nicht als Feigling dazustehen, bemühte sich Jack mit der Lady mitzuhalten und schlich ihr einfach nach. Geschickt fing sie einen nicht mehr so jungen Vogel, kurz darauf zwei Mäuse, eine ganze Katzenmahlzeit. Hört sich grausam an, ist aber in der freien Natur so. Nun bist Du an der Reihe, zeig mir, was Du so drauf hast, maunzte sie. Du hast doch sicherlich einen Namen, Du, Hauskatze oder Kater. Na klar, ich bin Jack, der clevere Kater Jack. Und ohne lange zu fackeln, fing er auch zwei Mäuse, mehr wollte er auch nicht. Er dachte: Das kommt davon, weil ich immer soviel prahle und angebe und nun muss ich mich hier beweisen. Du hast sicherlich keinen Namen oder, fragte er ganz leise? Nun, unter meinen Artgenossen verständigen wir uns immer mit einer gewissen geheimen Katzensprache. Ich bin hier die Fürstin im Wald, dann gibt es noch einige in meiner Familie, aber die haben nicht viel zu melden. Wir akzeptieren uns und versuchen, mit einander auszukommen. Der Wald ist groß genug und jeder wird satt.
Jack überlegte, aber nee, so ein Abenteuer wollte er nicht und auch kein Risiko eingehen, falls er einem anderen Wildkater in die Quere käme. Ich hab mich gefreut, war schön, Dir zu begegnen, aber ich bevorzuge das leichtere Katzenleben, ich liebe zwar das Abenteuer, aber nicht so. Und mal ehrlich, „wer zuerst kommst, malt zuerst", es ist dein Revier, vielleicht sehen wir uns wieder, mach's gut, Du wunderschöne Katze, adieu und good bye, servus und tschüß.
Noch ganz benommen von dem schönen Anblick der Fürstin, taumelte Kater Jack wie ein Betrunkener, aber auf vier Pfoten. Oh, wie schade, dass ich nicht mehr Kinder machen kann, so ein Mist auch, würde doch eine tolle Mischung von mir und dieser Hübschen rauskommen. Aber ist nun mal Kismet, mein

Schicksal und Nachkommen habe ich inzwischen ja vier und wenn die sich vermehren, gibt es Enkelkatzen, Urenkel und UR-UR- Enkelchen, ach, was zerbreche ich mir meinen tollen Kopf. Ich wollte doch kein harmonisches Familienleben mit meiner Bella & Co. Wollte mich nicht einsperren lassen und zum Pantoffelkater werden. Hört sich bescheuert an, weiß ich. Bei den Menschen heißt es wohl „ Pantoffelhelden". Ich kann es mir ja tausendmal überlegen, ob ich zu Bella, zu meiner Trudi und Lore oder zu meinen Kumpeln Ben, Blacky und Bonzales zurückkehre. Denke, sie würden mich mit Kusshand aufnehmen oder doch nicht? Weil ich immer so eingebildet bin, vermassele ich mir tolle Chancen. Und weil wir gerade von Bella sprechen, da gibt es einen Oldie: „ Du hast Glück bei den Frauen, Bel Ami", vielleicht sollte ich Bella erneut ein Ständchen bringen, vielleicht aus dem Musical „Cats", das ist so schön. Aber was bringt es, ich kann nicht singen, nur miauen. Aber ich werde mal Holger fragen, ob er mir eine CD von Cats besorgt, er mit mir zu Bella düst und wir einen Recorder vor dem Haus platzieren und ihr das vorspielen. Ist

eine tolle Idee, finde ich.

Kapitel 13

Katzenmusik

Irgendwie habe ich bei aller Schwärmerei und blühenden Phantasie vergessen, dass ich schon etliche Zeit nichts zwischen den Zähnen hatte und mein kleiner Katzenmagen knurrte so laut, übertönte sogar mein Schnurren. Wenn ich gleich schnurstracks zu Funny renne, dann kriege ich auch wieder eine Henkersmahlzeit, Quatsch, komme ja nicht in den Knast oder auf den elektrischen Stuhl. Brekkies fände ich gut und frische Milch wäre auch cool. Ich lass mich überraschen. Geschwind erreichte er sein Ziel und wurde wie immer fröhlich begrüßt. Funny war die erste, die schnurrend um mich rum tänzelte. Du Miezekatze, ich brauche einen Recorder und die CD von Cats. Ich will meiner Ex-Frau (Katze) ein Ständchen bringen. Habe mich beim letzten Besuch nicht sehr fein benommen. Schließlich habe ich mit ihr Nachwuchs, aber mit Familie habe ich es nicht so, das heißt, ich weiß auch gar nicht, wie das funktionieren soll. Habe ja selbst früher kein richtiges Heim genossen, im alten Haus, als mein liebes Frauchen Krummbein starb. Danach war ich oft vergeblich auf der Suche und vorübergehend hatte ich es auch gemütlich, zum Beispiel bei Euch, dann in der alten Mühle mit Trudi und Lore und natürlich auch bei Maria und Jacob mit Bonzales und den Schafen.

Funny sah schon, dass Jack geschafft war von seinen langen Touren und schnell lockte sie ihn in den Stall, wo ihr Napf stand. Bedien Dich, „sonst fällst Du mir vom Fleisch". Das hätte von mir sein können, sein Kommentar. Ich gehe eben zu Holger und sehe zu, was ich machen kann, weiß nicht, ob er solche Musik im Haus hat. Hatte er auch nicht!

Dann muss ich eben selbst singen, nee. Es gibt doch einen Schlager von Wum:" ich wünsch mir ne kleine Miezekatze für mein Wochenendhaus, der schenk ich eine Luftmatratze und eine Spielzeugmaus usw. Wum, das war der Hund bei Wim Toelke in der Sendung, der war Klasse. Da gab's noch den Wendelin, den Elefanten.

Holger hatte auch nicht den Song von Wum, aber er war bereit, auf der Gitarre das Lied zu spielen, Jack zu seiner Katzendame zu begleiten. So machten sie sich auf den Weg, diesmal konnte Jack mit ins Auto, einen Landrover und er übte schon mal. Grauenvoll hörte sich das an. Sie mussten in den Schnepfenweg und da war auch schon das Haus. Wieder gefunden, bin doch noch nicht dement.

Beide schlichen ums Haus in den Garten und positionierten sich ganz frech vor der hölzernen Haustür. Nun erklang die Gitarrenmusik und Jack miaute so lari fari den Text: ich wünsch mir ne kleine Miezekatze. Kurz darauf ging die Tür auf und Bellas Frauchen stand überrascht da und im Nu war auch Bella zur Stelle. Ach Katerchen, was bist Du für ein Spinner, aber ein netter. Das Lied kenne ich, meinte die Frau und sie pfiff zur Melodie. Ein gelungenes Ständchen und nur für mich? Klaro erwiderte Jack, ich war nicht immer liebenswert zu Dir und ein miserabler Katzendaddy, aber ich bin nun mal so, zur einen Hälfte ein Vagabund, Abenteurer und der Rest, weiß nicht so genau, Helfer in der Not und so eine kriminelle Veranlagung hab ich auch. Von allem ein bisschen. Bella schien doch sehr gerührt und eine große Träne kullerte über ihr hübsches Gesicht. Wenigstens konnte ich sie diesmal beeindrucken. Ich besuch Dich bald wieder, muss sehen, dass ich noch einige gute, natürlich auch miese Taten vollbringe. Miau und ich bin schon weg. Komm Holger, sonst heul ich auch noch.

Am Hof angekommen, bedankte sich Jack mehrmals, schielte zu Nobody: Na Brauner, nun hast Du es gut, immer Heu und Wasser und auf der Weide und zur Katze Funny ein Augenzwinkern.

Dann mach's man gut, Du Kumpelkatze, solche wie Dich, gibt es wenige, werde Dich in mein Abendgebet mit bedenken. Funny dachte: So ein Quatschkopf, aber ein liebenswerter.

Kapitel 14

Hasenjagd

Ich mach mir nichts aus Mäusen, noch weniger aus Hasen, hab ich auch nicht auf meinem Speiseplan gehabt, aber ich möchte sie zu gern jagen. Das werde ich auch, los zum Kaninchenbau, noch besser wäre ein Kaninchenstall, dann lass ich die armen Hoppel gleich laufen. Mir fällt da der Nachbar nebenan von uns ein, der konnte mein altes Krummbeinchen auch nicht leiden und der hatte immer Kaninchen gezüchtet und dann aufgegessen, wie gemein! Werde nie vergessen, wie mein Frauchen ihm damals 6 kleine Kaninchen abgekauft hatte und sie alle in einen Zoo brachte, nur damit sie nicht im Kochtopf landeten. Sie liebte alle Tiere und unsere Ziege damals hat sie auch gerettet. Am besten, ich lasse alle frei, dann jage ich sie ein wenig und dann husch in den Wald. Wenn sie Pech haben, knallt der Jäger sie ab, aber wenigstens können sie um ihr Leben kämpfen. Wenn sie Glück haben, können sie eine Weile im Wald überleben und Spaß haben.
So mache ich es, jawohl! Jack schlich vorsichtig zum besagten Haus, war nicht schwer, zu finden und weit und breit war niemand zu sehen. Vielleicht lebt der alte Sack nicht mehr. Das Haus war aber bewohnt, Gardinen hingen und der alte Renault, längst überholt, stand neben dem Stall. Ist heute bestimmt ein Oldtimer, aber der Alte hat ihn nie gepflegt. Ob der noch fährt, Gott, wer weiß!   Wo war noch mal der Kaninchenstall. Links um das Haus, ja und siehe da, mehrere Käfige übereinander, mal zählen, wie viel seid ihr? Es waren sechs. Gut, keine Angst, Hasen, ich jage Euch ein wenig und dann habt Ihr die Freiheit zurück. Daher auch das Wort," Ihr Angsthasen".

Hört zu ihr Hoppels, ihr müsst vom Hof abhauen, wenn ich gleich die Käfige öffne und dann aber hoppel die hopp in den Wald. Nicht wundern, ich rase Euch hinterher, fang Euch aber nicht. Die verdutzten Kaninchen hatten wohl Todesängste, als Jack auf die Ställe sprang und geschickt die Türchen öffnete. „Mission gelungen", dachte er, als alle sechs rasch" wie von der Tarantel gestochen" durch die Gegend flitzten in Richtung Wald. Sie hatten es kapiert und die Jagd begann. Muss mal sehen, ob ich noch genügend Kondition habe. Aber der clevere Kater ließ den Hasen genügend Vorsprung und ab und zu tat er so, als ob er schneller wurde und nach einigen Minuten war dieses Manöver vorbei. Bestimmt wiege ich ein Kilo weniger. Mir fällt auch gerade ein, wann habe ich das letzte Mal gefressen? Heute früh bei Holger. Andere meiner Art hätten sich über einen selbst gefangenen Kaninchenbraten gefreut, ich Dussel lasse sie am Leben und muss sehen, was auf meinem heutigen, abendlichen Speiseplan steht: „Jack, der Vegetarier. „Wie soll das gehen, Gras ginge ja, das brauchen wir Katzen zur Verdauung, aber Blumen und Zweige und Salat und anderes Grünzeug, was Meister Lampe bevorzugt, nee, das ist nichts für mich. Mit Pilzen kenne ich mich nicht aus und „ich wollte eigentlich noch nicht den Löffel abgeben". Das wievielte Sprichwort? Weiß ich nicht. Was hab ich nur in meinem cleveren Gehirn gespeichert.

Ich muss mich ausruhen und dann einen Plan machen, wie komme ich an Futter und wo will ich hin? Habe fast alle meine Lieben besucht: Bella, Lore und Trudi, Holger und Funny, auch die unangenehmen Besuche müssen erwähnt werden: der Marktschreier, Bahnwärter Kurt, das Haus vom Krummbein, hab doch nicht alle geschafft, die Besitzer von Ben und Blacky, die hab ich noch nicht auf dem Schirm. Hab ich heute aber keine Lust und ich muss ausgeruht und satt sein!
Ob die mich vermissen, obwohl ich sie verlassen habe, einfach nur aus Abenteuerlust und Egoismus. Manchmal bin ich schon ein Ekelpaket, aber nicht immer. Da ich solchen Hunger verspüre, muss nun endlich eine Maus dran glauben, aber nur eine.

Kapitel 15

Abstecher bei Trudi

Egal, es muss was zum Fressen her, die Maus eben war eine Notlösung, igitt, ich mag sie doch nicht. Ich werde schnell zu Trudi laufen, die haben sicherlich eines meiner Katzenkinder, ein rot-weißer, weiß gar nicht, wie er heißt. Werde ich erfahren. Muss ein bisschen flunkern und so tun, als ob ich wirklich meinen Sohn sehen will, dann sage ich, ich hätte auf einmal so richtig komische Gefühle, wie Vaterpflichten, Familienzusammenführung, soll es ja manchmal geben. Um diese Uhrzeit war Trudi schon aus der Schule und ich sah ihr Fahrrad an der Mühle stehen. In den Garten und da schnurrte ganz friedlich ein stattlicher Kater auf dem Gartenstuhl. Wie schön sein Fell glänzt und wie hübsch er ist, könnte glatt von mir sein. Blödkopf, ist er doch. Mein Nachwuchs! Nach kurzer Zeit huschte Trudi in den Garten, sah mich und strahlte. Hallo Jack, hast Du heute mehr Zeit? Die Amsel haben wir aufgepäppelt und sie dann nach draußen in die Freiheit gelassen, eine gute Tat von uns beiden. Ich habe Hunger, ganz großen sogar, bitte gib mir was, sonst falle ich ins Koma, mein Blutzuckerspiegel ist schon über 300. Ohne lange zu fackeln, verschwand die Kleine im Haus und kam mit Milch und einer Schale Naßfutter wieder. Wie lange hab ich das vermisst? Gierig schlang ich alles runter und schlabberte die Milch. Jetzt bin ich wieder der alte und bereit zu neuen Taten. Nicht nur der Hunger war gestillt, jetzt wollte ich mir meinen Junior ansehen. Wie heißt er denn?

Wir haben ihn Carlos getauft, er ist ein ganz schmusiger, aber auch eigenwilliger Kerl. Das sagt man von den roten Katzen, habe ich im Internet gelesen. Jetzt ist er 2 Jahre alt, unser Herr im Haus und wir möchten ihn nie mehr missen. Fängt Mäuse ohne Ende. Das hat er jedenfalls nicht von mir, dachte Jack. Aber eigenwillig, das ja, vielleicht entwickelt er noch mehr gute Eigenschaften eher von mir. Allmählich bewegte sich Carlos, sprang vom Stuhl, fauchte Jack an und weg war er. Das Fauchen hat es so auf sich, es ist den Kitten schon angeboren, die Katze öffnet das Maul und hebt die Oberlippe. Bei aufwärts gewölbter Zunge stößt sie heftig Luft aus, dabei entsteht das Fauchgeräusch, vorher muss sie tief einatmen. Viel Arbeit für eine Katze. Erstmal muss es nichts Schlimmes bedeuten, will einfach ihre Ruhe und fühlt sich gestört. Kann sein, dass sie doch aggressiv reagiert je nach Stimmung. Aber warum hat Carlos sich aus dem Staub gemacht, „weiß der Geier“. Klar, er kennt mich kaum und vielleicht meint er, ich wolle hier einziehen. Eifersucht? Nehme ihm vielleicht sein Fresschen weg und seinen Schlafplatz. Wir Samtpfoten sind schon einzigartige Geschöpfe, man muss uns kennen lernen und dann einfach lieben. Mensch Trudi, was hat der Kater nur? Vielleicht hat er Schiss vor Dir oder einfach keine Meinung, will mit Dir nicht miauen. Bislang hatte er fast täglich alle streunenden Katzen verscheucht und verjagt, nur zu ganz kleinen Katzen ist er besonders fürsorglich und lieb. Du bist ein Störenfried in seinen Augen und natürlich spielt Eifersucht eine Rolle. Ich will nicht lange bleiben, nur paar Tage ausruhen, bin so kaputt von meinen guten Taten. Nur gute Taten, grinste die kleine Trudi? Na ja, ein, zwei kleine Schabernacks, nichts Großes, keinen Mord oder Totschlag, Kavaliersdelikte eben.

So beschloss ich, meinem Sohn, Zeit zu lassen, solange ich hier bin. Lore war auch erfreut, Jack zu treffen und erzählte so viele lustige Geschichten über ihn, wie er heranwuchs, so selbständig, wie viele Mäuse er regelmäßig packt ,wie oft er die anderen, größeren Fellnasen vom Grundstück verjagt und wie er so manches Mal nicht nach Hause kam, weil er offensichtlich irgendwo ein Schäferstündchen mit einer Katzendame hatte. Trudi meinte auch, er hätte im nächsten Ort Nachkommen, seit einem Jahr ist er kastriert und seitdem läuft er nicht mehr so weit, unser Carlos! Ohne ihn wären wir einsam und keine tolle, richtige Familie. Alle reden von Carlos und von dem cleveren Kater Jack, wer spricht da?
„ Danach kräht kein Hahn „sagt man doch so. ist das Neid, Eifersucht oder Nichtachtung? Alles drei, glaube ich.
Am 2. Tag schlich ich mich in die Nähe von meinem Junior und plötzlich lief er nicht mehr weg und so kamen wir ins Katzengespräch einfach von Mann zu Mann. Ich plauderte über vergangene Zeiten, wie schön seine Mutter ist und auch seine dreifarbige Schwester. Ich rasselte alles runter, meine Begegnungen mit Ben und Blacky, was wir alles auf den Kopf gestellt hatten, meine schlechte Kindheit bei den Krummbeins. Die Ohren jetzt senkrecht, er lauschte, maunzte, miaute und knurrte, geradeso wie es passte. Jedenfalls war er ein guter Zuhörer, mein Carly, ich nenn ihn mal so, man soll ja Namen aussuchen, die hinten mit einem „i „ enden. Ich genoss die

Tage bei guter Kost und Logis, alles umsonst und ich bekam ganz viele Streicheleinheiten, das tat gut!

So verging die Zeit wie im Flug und wir freundeten uns sogar an, mein super Sohn und ich, machten gemeinsame Ausflüge, brachten den beiden Hausdamen (Katze) Geschenke wie lebende und tote Mäuse im Wechsel, ich war ein stolzer Vater und betonte das immer wieder.

Trotzdem hatte ich das Gefühl, hier war wieder einmal nur eine Zwischenstation und ich beschloss, weiterzuziehen, einige kleine Verbrechen warteten bestimmt im Geheimen auf mich. Hab auch kein schlechtes Gewissen, denn meine guten, vollbrachten Taten, überwiegten.

Tränen in den Augen bei Lore und Trudi und auch Carlos sah jämmerlich aus, ich drehte mich noch einmal um und trottete davon. Ich mag keine Abschiede und dennoch bin ich schuld, wenn die anderen um mich weinen, zu blöd!

Kapitel 16

Die Katze im Sack

Nun war ich schon einige Zeit unterwegs und wie immer verspürte ich Kohldampf. Muss doch was Essbares geben außer den schitt Mäusen. Vielleicht sollte ich es erneut mal wie die Stadtstreicher machen und in die Papierkörbe schauen nach Fresschen. Dort kommt ein Park und da muss ich pfundig werden. Was sehen meine großen Augen, einen alten Sack. Rein ins Gebüsch, der bewegt sich doch, ist das mein Mittag oder ein Hilfeschrei? Schnell biss ich die Schnur durch und siehe, ein kleines, wuscheliges Kätzchen kam zum Vorschein. Es miaute ganz fürchterlich und da ich schon Erfahrung mit Vaterpflichten hatte, putzte ich den kleinen Knäuel, bis er sich beruhigte. Keine Angst, ich bin Dein Freund und wie sagt man so schön, „ein Retter in der Not „.

Früher haben die Händler auf dem Markt anstelle eines Kaninchens oder Ferkels wertlose Katzen in den Sack gepackt, um den Kunden zu betrügen, daher auch das Sprichwort: „die Katze im Sack kaufen".

Alles Verbrecher, früher und heute, wer setzt denn ein wehrloses Wesen einfach im Park aus, schnürt den Sack zu und aus die Maus. So, Du hübsche Fellnase, wohin mit Dir? Ich muss nachdenken, niemand will uns haben, bis auf wenige Menschen, die ganz katzenvernarrt sind. Vielleicht kannst Du zu dem netten Ehepaar von Bella und Beauty, die haben Geld und einen riesigen Garten, nichts wie hin zum Schnepfenweg. Hör mal, Du Minitiger, wir müssen ein bisschen laufen und dann wird alles gut, versprochen.

Mit kleinen tapsigen Samtpfoten folgte der Tiger, so war sie gezeichnet, unserem Jack. Mutig und ausdauernd schaffte sie es, auch Schritt zu halten.

Im Schnepfenweg angekommen, miaute Jack ganz laut und nicht überhörbar. Die Tür ging auf und Bellas Frauchen Hertha sah die beiden erstaunt an. Was ist passiert, Jack? Ja, das war so, ich suchte nach Futter im Park und hörte das Rascheln im Gebüsch und da fand ich sie in einem zugebundenen Sack, ist das nicht furchtbar? Oh Gott, was gibt es für grausame Menschen, kommt schnell rein, wird gleich regnen. Die schöne Bella und Beauty schlafen im Gartenhäuschen. Stärkt Euch erst, sie holte Naßfutter und Katzenmilch. Ich ließ der Tigerlady den Vortritt, eben ein richtiger Kavalier, das bin ich. Dann fraß Jack zwei Portionen wie ein „Scheunendrescher", bis ihm fast alles plötzlich vorne wieder raus kam. Langsam Kater, es ist genug da und dann holte sie noch eine Schale Katzenmilch für die Ausgesetzte. Kann sie bei Euch bleiben, ist ein Mädchen und doch mal was anderes, eben getigert? Wir müssen meinen lieben Heinz fragen und natürlich brauche ich auch das Okay von den beiden im Garten. Heinz war der gutmütige, er brauchte gar nichts sagen, er liebte Katzen. Von dem Miauen und Krach wurden plötzlich die beiden verschlafenen wach und schlichen ins Haus. Ach, Du schon wieder, kam es lautstark aus Bellas Mäulchen. Na, das ist ja ne

Begrüßung, „ vom Feinsten", erwiderte Jack. Freust Du Dich denn nicht? und es gibt zwei Gründe, dass ich hier bin, einmal diese ausgesetzte Mieze und mein Hunger. Bella maunzte nur, werde endlich erwachsen und wandere nicht ständig dein halbes Leben umher, immer in der Weltgeschichte umherirren, ist das das wahre Katzenleben? Reg Dich ab, Du Schöne, habe einen Spielgefährten für Beauty mitgebracht, die kleine Miss Tiger war in einem Sack im Gebüsch ausgesetzt. Beauty und der Tiger beschnupperten sich und es schien, als ob sie sich schon ewig kannten.

Hertha sprach zu Bella, das geht in Ordnung, ob wir zwei oder drei Mäuler stopfen und nun war es eine beschlossene Sache, die Katze durfte bleiben. Jack meinte, ein Name muss her. Wie wäre es mit Streuner? Ach nein, meinte das Ehepaar. Wir rufen sie Betty, so haben wir alle drei mit „B" am Anfang. Abgemacht, Betty, jetzt hast Du ein neues Zuhause, kuschelig warm im Winter und im Sommer das tolle Gartenhotel. Aber erzähl doch endlich Deine traurige Geschichte: Ach, ich bin ja erst ein halbes Jahr alt und wir waren so viele Katzen in einem Messiehaushalt, Unser Frauchen wurde immer älter und krank und hatte keinen Überblick mehr, ob wir zehn oder fünfzehn waren. Meine Katzenmutter bekam immer wieder Nachwuchs und alle in den engen Räumen, das war schrecklich, es stank und keine Fenster auf. Fressen war immer da, aber dann riefen die Nachbarn das Tierheim an und holten fast alle ab, auch meine Mutter. Zwei meiner Geschwister sind durch die Tür mit mir und abgehauen. Mich hat der blöde Hausmeister geschnappt und der war sowieso ein Katzenhasser. Er steckte mich in einen Sack und dann schmiss er mich ins Gebüsch. Unser Frauchen hatten sie noch vorher in ein Pflegeheim gebracht. Kann froh sein, dass der Typ mich nicht ins Wasser geschleudert hat, dann wäre ich jetzt nicht hier, sondern als Fischfutter verendet.

Jack wurde ganz schummerig bei diesem Schaudermärchen, aber es war kein Märchen, sondern eine wahre Geschichte.

Was war Betty froh und zum Dank schleckte sie Jack das rechte und linke Ohr ab. Bella miaute zu ihrem Jack, bleib doch wenigstens eine Nacht, dann können wir um die Wette schnurren, uns kraulen, zusammen schleichen, auf der Liege schlafen und gemeinsam futtern.

Überredet, ich bleib für eine Nacht und es wurde rasch dunkel, es war mittlerweile September, aber noch spät sommerlich warm.

Kapitel 17

Ein neues Verbrechen

Bei soviel Gutem muss nun ein Verbrechen her. Jack schmiedete einen neuen Plan, wem er einen richtigen Denkzettel verpassen könnte. Kurt, der Marktverkäufer, Lucky und Miss Dolly hatten schon" ihr Fett weg", Hasen hab ich auch befreit und einige gerettet. Was könnte ich nur Unanständiges tun? An Kohle komme ich nicht ran, wie denn auch, kann ja schlecht einen Geldautomaten knacken. Sein kleines Katzenhirn ratterte und er strengte sich so doll an, aber keine Idee, nichts, null, Leere im Kopf. Beginnt ja die Jagdsaison und dann knallen sie wieder sinnlos in meinen Katzenaugen die Hasen, Füchse, Bambis und Wildschweine ab. Reden immer vom Bestand erhalten. Warum hat nicht jedes Tier auf dieser Erde ein Anrecht aufs Dasein, auf ein würdiges Leben, nein, ihnen wird der Lebensraum genommen, Menschen roden die Wälder, vergiften die Felder und Wiesen und auch unsere Meere. Es ist keine schöne Zeit für uns Vierbeiner oder Seetiere. Artgerecht ist das schon gar nicht mehr, selbst den Wolf wollen sie nicht und wenn ein Bär sich jedoch in unsere Wälder verirrt, dann wird er gejagt und abgeschossen, einfach so. Und die Strafen für Tierquälerei, ein Witz. Die da oben in der beschissenen Politik sollten endlich mal die vielen Kinderschänder richtig verdonnern, aus meiner Katzenperspektive machen die alles falsch. Ich könnte noch soviel erzählen und tiefer ausholen, aber da reicht die Zeit nicht. Ich muss jetzt ein kleines Katzenverbrechen ausüben und recht bald, bevor es dunkel wird.

Auf einmal dämmerte es doch in seinem Kopf und Jack erinnerte sich an den Transport mit den Schafen von Maria und Jacob, als sie dort heimlich mitfuhren. Die Schafe wurden geschoren, aber dort am besagten Ort sah ich damals einen grimmigen, ollen Typ mit Rauschebart und einer unmöglichen Brille und schlechte Zähne hatte er auch im Maul, sorry, in seinem Mund. Der hat die Schafe für wenig Geld verhökert und sollten schnell abgeschoben werden und zum Schlachthof. Dem statte ich einen Besuch ab und lasse die armen Tiere frei und wenn ich es schaffe, fackle ich seine Hütte ab. Nix wie hin. Ganz außer Puste kam Jack an diesem komischen Hof an, sah den Alten nicht, aber hörte die armen Schafe wie verrückt blöken. Wahrscheinlich gibt der denen nichts zu fressen, müssen doch auf die Weide wie bei Bonzales. Ich werde alle zu Jacob und Maria treiben, das schaffe ich. „Auf zu neuen Taten", Jack, du schaffst das schon und ich begann die Tür zu öffnen, war nicht schwer, kein Riegel vor, was sahen meine braunen Katzenaugen, 4 Lämmer und 2 große Tiere waren in keinem guten Zustand, viel zu dünn und hatten kein Wasser. Los, Ihr Lämmer, folgt mir und ihr zwei dort auch, er miaute und versuchte, nicht so laut zu sein, haltet bloß Eure Mäuler, sonst fallen wir auf.

Als ob sie mich verstanden hätten, liefen alle sechs hinter mir her, von wegen blöde Schafe. Sind sie nicht! Es ging alles sehr schnell und nun sah Jack schon die Wolltiere und Bonzales auf der Weide. Wuff, wau, wuff, so kam der Collie direkt auf den Kater mit Begleitung zu. Oh, mein Jack, was hast Du wieder angestellt? Da fiel unserem Katerchen der Song ein: „wollt eben mal die Welt retten", nur es ist nicht die Welt, sondern diese armen Geschöpfe vor dem Schlachthof. Der Hund war sprachlos, jedenfalls hundesprachlos, aber er half sofort, die Flüchtlinge auf die Weide zu treiben. Wie bringen wir das unserem Jacob nur bei? Mach Dir keine Sorgen, mein Freund, ich regle das, ich mach das schon. Zuerst müssen wir aber die Scheune von dem Verbrecher anzünden. Hast Du Feuer? Blöde Frage, ich bin Nichtraucher, aber ich weiß, wo die Hölzer liegen. Bonzales hatte die langen Streichbeine im Maul und geschwind liefen sie so schnell wie sie konnten und „ wie von einer Tarantel gestochen" zur alten Scheune. Die Tür stand immer noch offen. Beide Vierbeiner schauten überall, ob noch Lebewesen sich versteckt hielten, aber nein, alles leer. Mühsam versuchten sie mit etwas Zeitung an das Stroh zu gelangen und nach einigen Versuchen gelang es ihnen doch, das Feuer zu eröffnen.

Nimm Deine Pfoten in die Hand und „lauf, was das Zeug hält", Kumpel, miaute etwas heiser Jack und flitzte selbst wie ein Irrer dem Hund hinterher. Noch mal umdrehen und da sahen sie die lodernden Flammen und plötzlich hörte man schon die Sirenen der Feuerwehr. Haben wohl Nachbarn geholt, aber egal, dieser Tierschänder hat erstmal kein Zuhause mehr, er war ausgeflogen und wenn er zurückkam, musste er sehen, wo er schläft. Ich habe kein Mitleid, soll im Wald schlafen und hoffentlich oder vielleicht erwischt ihn der Förster, verwechselt ihn mit einem Wildschwein.

Überleg Dir schon mal eine Ausrede für mein Herrchen, wo die Blöker herkommen. Mein Kumpel, wir sagen einfach, die standen verlassen auf einer Weide ohne Unterstall und weit und breit keine Hütte zu sehen. Dein tierlieber Jacob wird da nicht sein sagen, glaub es mir und so war es dann auch. Die jungen Lämmer waren so happy, bei den anderen zu sein und endlich konnten sie grasen, so viel wie sie wollten und Wasser gab es nun auch in Hülle und Fülle. Für die Schafe wie ein Traum. Auch Maria kümmerte sich am Abend um die Neuzugänge. Wo sind denn Blacky und Ben? Abgehauen? Aber nein, rief Maria, sie fühlen sich wohl, die schlafen im Schuppen, weißt Du doch. Kann Dir aber nicht versichern, ob

sie Dich sehen wollen. Fühlten sich doch von Dir verlassen. Bist eben ein Windhund, Verzeihung: Windkater
Schweren Herzens schlich sich Jack in die Scheune und überraschte die beiden mit einem lauten „Miau". Beide guckten so verdattert und miauten zurück. Blacky freute sich und Ben nach einigen Minuten auch. So war das Eis gebrochen. So wie wir Dich kennen, hast Du bestimmt Appetit? Was heißt hier Appetit, mein Magen knurrt schon seit Stunden und ich könnte ein ganzes Schwein fressen. Du Spinner, Angeber, hast Dich nicht verändert. Erzähle uns von Deinen Erlebnissen, Abenteuern und Missetaten, maunzte Ben ganz deutlich. Nee, morgen, habe heute keine Lust.
„Was Du heute kannst besorgen, das verschiebe nicht auf morgen" mischte sich Blacky ein, sind doch immer Deine weisen Sprüche. Na gut, ihr habt mich überredet und so plauderte der cleverer Kater von seinen letzten Monaten.
Gute Zeiten, schlechte Zeiten, aber immer wurde für ihn gesorgt und auch an diesem Abend begnügte sich Jack mit Bonzales Resten in seinem Napf und Milch.

Kapitel 18

Halbfinale

Für Kater Jack stand fest, er würde immer wieder hier an diesen Ort zurückkehren, es ist letztlich sein Zuhause, seine Familie, denn mit Ben und Blacky hat ja alles begonnen und sie haben ihn nie enttäuscht. Jedoch wollte er noch einige Runden drehen, was erleben und ein klitzekleines Verbrechen begehen. Morgen könnte er mit den beiden sprechen, ob sie nicht doch mit ihm mitziehen würden. Man wird ja nicht jünger." Also morgen ist auch noch ein Tag „und jetzt gehe ich schlafen, gute Nacht.

„Der frühe Vogel fängt den Wurm", so erwachte unser verschlafener Kater am nächsten Morgen, aber nee, Würmer zum Frühstück, die will ich auch nicht, aber vielleicht einen Vogel. Jack war alles andere als ein Jäger, er ließ die Spatzen, Amseln und Meisen alle fliegen. Heute war er bei Ben und Blacky und zusammen machten sie die Schüsseln leer, ratz fatz!

Vielleicht haben wir im Wald einen Plan und die Jäger sind auf Tour, wir vermasseln ihnen das Schiessen, nur müssen wir aufpassen, dass sie uns nicht kriegen. Ben und Blacky zögerten, denn sie wollten nicht mit einer Kugel im Gesäß nach Hause humpeln. Ihnen war überhaupt garnicht wohl bei diesem Gedanken. Wie willst Du alle Hasen und Rehe retten?

„Still, ich überlege noch! Ich weiß nur, dass die Jagd 1,5 Stunden gleich vor dem Sonnenaufgang und 1,5h nach Sonnenuntergang erlaubt ist, und das Schwarzwild erlegen sie auch nachts.

Das einzigste, was mir momentan einfällt, wir müssen die Gewehre untauglich machen, aber wie. An die Flinten pinkeln und kacken, aber wie kommen wir in die Jagdhütte, bevor sie kommen.

Meist sind die Fenster angelehnt, los, wir versuchen es wenigstens und alle drei rannten zur besagten Hütte. Es war jetzt 16 Uhr, eine gute Zeit, wir nehmen Bonzales mit, der macht einen größeren Haufen. Hey, Du Hund, hast Du das gehört? Verdutzt schaute er seine Kumpel an, aber er wollte auch kein Spielverderber sein. So führten sie ihren Plan aus und alles ging sehr schnell, die drei Fellnasen pinkelten und markierten die ganze Bude und am Flintenschrank auch noch und Bonzales platzierte einen riesigen Haufen direkt davor und pisste, was das Zeug hielt.

Alle erleichtert und mit einem guten Gefühl schlichen sie davon. Wir können das nur kurz verhindern, aber zumindest für heute.

War doch keine so gute Idee im nachherein, meinte der Bordercollie. Du Jack, immer mit deinen kuriosen Plänen.

Das nächste Mal ziehst Du allein los, meckerten auch die beiden Katzenfreunde. Jetzt wurde ewig diskutiert, ob unser cleverer Kater weiterziehen wollte oder endlich heimisch werden würde.

„ Bleiben oder nicht Bleiben, das ist hier die Frage"! Das ist doch von Shakespeare, flüsterte Ben; nee, das ist heute von mir. Ich ziehe für paar Tage noch kreuz und quer durch die Gegend und dann kehre ich zu Euch zurück, ihr habt mein großes" Indianer- Ehrenwort".

Na, wenn wir das ihm glauben sollten, ich weiß nicht, maunzte Blacky zu Bonzales und dem roten Ben.

Blacky

Ben

Jack

Bonzales

Kapitel 19

Jack im Alleingang

„Wer es glaubt, wird selig", dachte diesmal Bonzales. Der Collie war viel zu gutgläubig und hoffte sehr, dass sein pelziger Freund wieder nach Hause fände. Wie schön war es vor einigen Monaten, als alle vier zusammen Spaß hatten, mit einander ausgiebig tobten und fraßen. Jack störte nun die gemütliche Atmosphäre und auch Maria und Jacob hatten ihre Zweifel, ob unser guter Jack endlich ein Familienkater werden würde. Auch so manche Menschen zieht es immer in die Ferne, deshalb fahren sie zur See, umkreuzen die Welt mit einem Segelschiff, wandern aus und lassen alles hinter sich, selbst die Liebsten. Aber Katzen und Hunde, wenn sie eingebürgert sind, bleiben oft an ihrem schönen Zuhause.

Jack wusste noch nicht, wohin ihn diesmal seine Wege führen würden, aber nun streunte er durch einen anderen Wald in ein neues Dorf, wo er noch nicht auffällig war. Er habe gehört, dort wohnen die Neureichen mit ihren tollen, superteuren Schlitten, graziösen Villen, wo der Garten einem Park ähnelt und sie sich Rassehunde und Rassekatzen halten. Dort gibt es auch einen Züchter, der rund um die Uhr Bengalmiezen produziert. Die lieben, armen Katzenmütter. Wenn sie dann ausgedient haben, landen die sonst wo, vielleicht im Tierheim. Wer weiß denn schon, wohin die kostspieligen Welpen verkauft werden. Dem fühle ich mal auf den Zahn. Hoffe, der hat sich nicht einmauern lassen rings ums Haus, dann wird es schwierig. Aber halt, bevor ich was Unrechtes veranstalte, wohin mit den Katzen, die ich dort vorfinde. Ich werde das Veterinäramt informieren, die sollen den kontrollieren.

Natürlich können wir Katzen im wahren Leben nicht telefonieren oder ein Handy bedienen, aber hier in meinem Katzenroman darf ich das mal ausnahmsweise. Aus einer Telefonzelle ohne Münzen . In Wirklichkeit lassen die sich oft Zeit, die Ämter. Nur mit Frank Weber von Hund-Katze-Maus, da klappt es immer schnell, Tiere zu retten mit Hilfe der Tierwohltäter. Ganz oft gibt es dort ein Happy End. „ Hut ab „.So lauerte Jack hinten im Garten. Ganz leise schlich er rund ums Haus und sah durch die großen Glasfenster so viele kleine Kätzlein rumturnen und auch die Bengalmama. Hatte die schon wieder einen „Braten in der Röhre?" Ach nein, das geht doch nicht, hat sich kaum von der letzten Geburt erholt. Das Team, was dann auftauchte, 2 Frauen und ein Mann, machten ganz schön Alarm und ich äugte durch die Scheiben und sah, dass sie das Muttertier beschlagnahmten und mitnahmen. Heftige Diskussionen mit dem Ehepaar, den Besitzern dieses Prachthauses und laute Stimmen drangen durchs Haus. Die Leute vom Amt wollten Papiere sehen, die es wohl nicht gab und im Nu wurden alle Welpen einkassiert. So schnell ging das. Die hatten sicher ihr Schloss über die Züchterei finanziert. Im Carport standen sauteure Autos, ein Porsche und ein großer Audi 100. So schnell kann es gehen, wenn man auf Kosten der armen Samtpfoten Geld verdient. Ich bin stolz auf mich, dachte Jack, aber auf die Schulter konnte er sich nicht klopfen. Er stellte seinen Katzenschwanz aufrecht und plusterte sich auf, das bedeutet: ich bin wütend, bin hier der Chef. Schwanz ganz normal nach oben bedeutet, ich bin freudig oder neugierig. Hin und her wedeln sagt: ich bin nervös und unruhig. Wenn er ganz waagerecht liegt, ist das ein gutes Zeichen: Vertrauen.
Mit seiner heutigen Tat zufrieden, rauschte Jack schnell davon, um nicht noch entdeckt zu werden. Jedenfalls werden die so schnell nicht mehr Kohle verdienen. Er blickte noch dem großen Auto hinterher und hoffte so sehr, dass die

Katzenkinder und die Mama ein neues schönes Zuhause finden würden.
Ich hab mal wieder Hunger und weit und breit kein Abendbrot in Sicht. Aber ich habe die Wahl, zurück zu den Schafen oder noch ein paar Tage Diät. Ich habe allen versprochen, heimzukommen, wenn ich endlich meine Mission erfüllt habe. Dieses heute hier gilt nicht als Missetat, sondern als eine sehr gute Tat. Aber irgendeine kleine Schandtat muss ich mir für morgen noch ausdenken. Wo soll ich heute schlafen? Hier gibt es weit und breit keine abgelegenen Hütten oder Bauerhöfe. Das ist das Dorf der Schickimicki - Leute, die haben alle edle Gartenhäuser und Pavillons in ihren Grünanlagen. Obwohl, so eine Nacht im Luxuskatzenhotel wäre gar nicht so übel. Die nächste Villa ist meine und er hatte Glück, sie stand zum Verkauf und im Nu verschwand er unter dem großen Pavillon und da stand sogar ein bequemer Strandkorb, nichts wie hinein und pennen. Aber ich muss wohl oder übel mit einer Maus Vorlieb nehmen, sonst wird mir schlecht vor Hunger und so

geschah es. Zufrieden mit sich und der Welt machte Jack, der clevere, sein Nickerchen.
Am nächsten Morgen, noch ganz verschlafen, fühlte er sich beobachtet und zwinkernd mit einem Auge sprang er von

seinem Hochbett und sah seinem Zuschauer ins Auge. Ein
süßer, kleiner Vierbeiner mit wuscheligem Fell. Nein diesmal
keine Katze oder Pferd, es war ein Hund, wie heißt bloß diese
Rasse? Ach ja, Zwergpudel, die kommen aus Frankreich. Er
oder sie war hübsch anzusehen und „ nicht von schlechten
Eltern". Diesen Spruch hatte ich noch nicht.
Woher kommst Du und hey, was machst Du in Nachbars
Garten? Bin auf der Durchreise, schwindelte Jack und muss
auch gleich weiter. Du bist dann der Pudel vom nächsten Haus
und warum treibst Du Dich hier herum? Was heißt hier
rumtreiben, ich liege oft da, wo Du gerade aufgewacht bist, ist
inzwischen mein Stammplatz. Ich bewache sozusagen das
Eigenheim. Die vorherigen Besitzer sind doch erst vor kurzem
weggezogen, hatten wohl kein Geld und mussten verkaufen.
Die hatten auch einen kleinen Hund, einen Jack Russell
Terrier. Wir beide waren ein Dream-Team, ein Herz und eine
Seele. Ich bin eine sie und er ein Rüde. Wir hatten sehr viele
Gemeinsamkeiten, strolchten durch die Gärten, schnüffelten
gemeinsam und spielten bis zum Umfallen. Nun bin ich allein
und so solo macht es keinen Spaß. Die Menschen meinen
immer; „man sieht sich im Leben zweimal", aber ob das
stimmt, ich bezweifle das.
Diesmal ist das Sprichwort nicht von mir, aber gut, muss ich
mir merken. Aber Hund oder wie soll ich Dich anmaunzen?
Du hast ein Zuhause, bekommst regelmäßig Dein Fressen,
kannst alleine Gassi gehen und misshandelt siehst Du auch
nicht aus, was jammerst Du also? Ich habe auf meinen Wegen
und Abwegen schlimme Dinge gesehen, willst Du gar nicht
wissen.
Die Pudeldame antwortete: ich heiße Cindy und Du hast ja
Recht. Wenn Du schon hier bist, kannst Du mir was zum
Futtern besorgen, ich hab seit gestern nichts Richtiges zum
Beißen gehabt. Komm mit, blinzelte die Hündin, ich gebe Dir
was aus meinem Napf und so verschwanden die beiden im
nächsten Vorgarten, wo ein prall gefüllter Hundenapf stand.

Jack verschlang alles. „Sorry, kleine Lady, hoffe, Du bekommst wieder Nachschub. Danke Dir und ich zieh dann mal Leine, mach's gut und bleib schön gesund, Miau!

Kapitel 20

Jack will heim

Ich muss doch endlich ein Familienkater werden, so abtrünnige Wege und Abenteuer, das soll nun ein Ende haben. Ich hab mich ausgetobt, alle meine Lieben wieder gesehen, Leben gerettet, eigentlich müsste ich einen Katzennobelpreis kriegen, nicht nur für meine Ideen, nein auch für meine tollen Sprichwörter, die ich mir so aus dem Pfotenärmel mal eben schüttele, natürlich auch all die Rettungsaktionen mit meinen Kollegen und mir. Aber wer gibt einem Kater oder Hund schon einen Orden? Kassieren nur die Menschen ein und auch nicht übel wäre ein großes Leckerlie in Form von einer Scheibe Putenleber oder eine Katzenleberwurst. Mir läuft jetzt schon das Wasser im Munde zusammen. Wann hab ich solche Delikatesse je bekommen? Nie. Also werde und muss ich sie mir auf jeden Fall klauen. Das geht nur auf dem Marktplatz, da steht die rundliche Frau mit den vielen Mettwürsten, Fleisch und Leberwurst. Muss mir nur Gedanken machen, wie ich es anstelle. Auf den Standtresen kann ich springen und dann eine deftige Wurst stibitzen, gleich ins Maul und auf und davon. Jack schaute sich, nun am Marktplatz angekommen, gründlich um. Er würde nicht sehr auffallen, denn gleich hinter dem Platz war ein Park und da strolchten schon mal einige Tiger umher.

So kreiste er um alle Buden und erspähte die Wurstbude. Nichts wie hin und alles im rasenden Tempo, dass die gar nicht mitbekommen, wer da klaut.

Der clevere Kater nahm Anlauf, hüpfte hoch und eh die nette Verkäuferin merkte, was hier los war, hatte Jack die ganze Leberwurst im Maul und dalli dalli rannte er fort. Sie schrie, ein Dieb, meine Wurst, haltet den Dieb, haltet den Dieb. Aber der Jack war schneller als die Polizei erlaubt und im Gebüsch

verschwunden. Upps, darf die Beute nicht verlieren. Was wollen die alle bloß, ist doch einwandfrei Mundraub. Genüsslich biss er in die Köstlichkeit, schmatzte und genoss seinen Fang. Ihm wurde fast schon übel, weil er so gierig war, aber alles musste verputzt werden.
Im Hintergrund hörte er noch immer schreiende Leute, aber das störte ihn nicht. So, zufrieden mit sich selbst und dieser letzten Missetat, wollte Kater Jack endlich nach Hause zu seinen Schafen &Co. Es war noch nicht dunkel und so streifte er gemütlich durch den Park, markierte da und dort, machte kurz Pause und ein kleines Nickerchen. Dann wurde ihm doch sauübel und er versuchte, an Gras zu gelangen. Das war nun die einzige Rettung, damit die Leberwurst nicht vorne rauskam. Das hab ich nun davon, weil ich den Hals nicht vollkriegen konnte. Mit dem Gras gelang es ihm, sich besser zu fühlen. So, nun ade Ihr Streiche, Abenteuer, ich werde ein anständiger Hoftiger und muss meiner Familie treu bleiben.

Es verging noch eine kleine Ewigkeit, bis Jack an den Hof von Maria und Jacob gelang. Zumindest war er mal nicht ausgehungert. Zufrieden und doch erschöpft von dem langen Tag lugte er in den Stall und sofort sprang Bonzales vor Freude auf ihn zu. Etwas verschlafen und erstaunt kamen langsam auch Ben und Blacky angetigert. Na, „mal wieder Hunger und kein Dach über dem Kopf „? maunzten sie im

Duett. Sie hatten so ihre Bedenken, dass das nur ein vorübergehender Abstecher bei Jacob war. Vielleicht hat ihn wieder das Fell gejuckt und der Hafer gestochen. Sie waren auf alles gefasst, nur nicht, dass Jack endlich zur Vernunft käme und sesshaft werden würde. Wie wäre es denn mit einer tollen Begrüßung? Jack, wir haben dich vermisst, schön, dass du da bist. Nach einer Weile hatten sich alle gefangen und beruhigt und es kam gute Stimmung auf. Bonzales musste zu den Schafen und er wollte kurz noch mit Jack fangen und jagen spielen und animierte ihn geradezu. Hast mich überredet, aber ich bin total kaputt vom vielen Umherziehen. Heute abend erzähle ich euch von meinen Schandtaten und natürlich auch von den heldenhaften Ereignissen. So verging der Tag ziemlich schnell und Maria war natürlich glücklich, ihren Jack bei sich zu haben. Sie brachte ihm wie gewohnt, seine verdünnte Milch und einige Reste vom Tisch, es gab heute Hühnerfrikassee. Lecker, dachte der ganz ausgehungerte Kater und verschlang es sofort. Soll ich mal rülpsen, das habe ich neulich mir erst abgeguckt und ich sage euch, es klappt nicht nur bei den Menschen. Jack war voll in seinem Element und unterhielt seine beiden Samtpfoten wie ein Entertainer, zum Piepen. Komm mal wieder runter zu deinem Katzenalltag, hier auf dem Hof, miaute Blacky.

Kapitel 21

Alle wieder vereint

Der Abend kam und es war ein anstrengender Tag für den Bordercollie und seinem Herrchen. Holgers Schafe sollten morgen zum Scheren abgeholt werden und er musste auf sie aufpassen. Das war sein Job und er machte ihn gut. In der Freizeit spielte er gern mit seinen drei Fellnasen oder ruhte im Stall. Er war zufrieden und liebte sein Zuhause.

Nun kehrte gegen Mitternacht Ruhe auf dem Hof, im Stall und Hause ein. Glücklich vereint schliefen alle Vierbeiner ausgestreckt auf dem Stroh, schnarchend und schnurrend. Eine himmlische Idylle und Jack träumte von vergangenen Zeiten von seinen Hochs und Tiefs, seinen guten und schlechten Taten, seiner großen Katzenliebe Bella mit den Kindern Beauty und Carlos, natürlich auch von Freunden, die ihm auf vielen verschiedenen Wegen und Abenteuern begegnet sind, wie Funny, Nobody, Harry, Holger , Lore und Trudi, Cindy, aber nicht die aus Marzahn, Kalli, Betty und noch von der wunderschönen Wildkatze und ganz zum Schluss noch von seinem lieben Frauchen Krummbein. Jack hätte ein ganzes Traumbuch schreiben können.

Immer noch schnurrend und völlig erschöpft wachte er am frühen Morgen neben Ben und Blacky auf. Man freute sich auf das gemeinsame Fressen, welches schon parat in der Ecke stand. Wie beim Zimmerservice, nur brauchte man gar nicht anrufen oder das Personal bitten, Maria war die beste und liebste Adoptiv - Katzenmutter, die man sich vorstellen konnte, einfach Klasse.

Ich verspreche hoch und heilig, dass ich ein anständiger, bodenständiger Jack werde und mich hier am Hof eins „A „benehmen werde.

So" geschehen noch „Zeichen und Wunder „ und der clevere Kater benahm sich vorbildlich und wurde auch älter und erwachsener.

Seinen Kollegen und Bonzales blieb er ein treuer Freund und er wollte auf keinen Fall mehr ohne die drei sein.

„Versprochen ist versprochen und wird auch nicht gebrochen"

Wieder einmal sage ich allen Samtpfoten und Vierbeinern danke. Sie haben in meinem 2.Teil eine große Rolle gespielt und immer aufs Neue ist man erstaunt, wie gut sich Hund und Katze verstehen.
Vielleicht kommt der clevere Kater Jack auf dumme Gedanken und ist mal eben weg, dann werde ich noch ein 3. Buch schreiben.

Bereits erschienen von Silvia Wobschall:

Mein Leben mit den Samtpfoten Teil und II

Ein cleverer Kater namens Jack

Abou findet seine Menschen

Spencer, die pfiffige Maus